# 내 언니를 찾습니다

SEOUL, 2021

내게 우산이 되어 주는
김웅 언니에게

-김유

# 내 언니를 찾습니다

김유 글 · 이희은 그림

시공주니어

# 뽀뽀의 일기

언니는 비밀이 참
많다.
자꾸 방문을 잠그
고 전화도 몰래
받는다.
자기 물건을 만지
면 마구마구 화를
낸다.
나는 언니랑 같이
놀고 싶은데…….
언니는 내 마음도
몰라준다.

뽀뽀는 동생이에요.

얼굴도 몸도 동글동글해요.

눈도 동그랗고

콧구멍도 동그랗고

발가락도 동그래요.

기분이 좋을 때면 쪽쪽 뽀뽀를 해요.

뽀뽀네 집에는 언니가 있어요.
언니 이름은 빼빼예요.
빼빼 언니는 말라깽이예요.
머리는 빗자루처럼 삐죽삐죽해요.
눈도 작고 코도 작고 입도 작아요.

뽀뽀는 빼빼 언니가 꼭 남의 언니 같아요.
기분이 안 좋으면 괜히 골을 내거든요.

"까불지 마!"

세상에서 가장 나쁜 말만 골라 하죠.

뽀뽀가 뽀뽀를 해 주면 빽 소리쳐요.

## "저리 꺼져!"

언니가 사자 같은 얼굴을 들이대면
뽀뽀는 폭폭 한숨이 나고 슬퍼요.
"내 언니가 아닌 게 틀림없어, 엉엉."

뽀뽀는 커다란 종이에 힘주어 적었어요.
'내 언니를 찾습니다'
새로운 언니를 찾기로 마음먹었죠.

뽀뽀는 종이를 들고 밖으로 나갔어요.

마침 옆집에 사는 영이 언니를 만났어요.
영이 언니는 머리도 얼굴도 동그래요.
눈도 동글 코도 동글 입도 동그랗고요.
동글동글한 뽀뽀랑 꼭 닮았어요.

"언니, 내 언니 할래?"
뽀뽀가 종이를 흔들며 다가갔어요.
영이 언니가 고개를 갸웃갸웃했어요.
"넌 뭘 해 줄 건데?"
뽀뽀도 고개를 갸우뚱했어요.
동생이 언니한테 뭘 해 줘야 하는지
한 번도 생각해 본 적이 없었거든요.

"뽀뽀해 줄게."
뽀뽀가 가장 잘하는 것은 뽀뽀니까요.
"그래, 좋아."
다행히 영이 언니가 고개를 끄덕였어요.

뽀뽀가 드디어 내 언니를 찾았다고 생각할 때
영이 언니가 말했어요.
"그런데 그것 갖고는 안 돼.
내가 시키는 것도 해야 해.
넌 동생이니까."
"뭘 시킬 건데?"
뽀뽀가 동그란 눈을 깜박였어요.

"내 방 청소."

영이 언니 말에 뽀뽀는 입을 쭉 내밀었어요.

뽀뽀는 자기 방 청소도 싫어하거든요.

"싫어. 언니 동생 안 할 거야."

"싫으면 마라."

영이 언니가 혀를 날름 내밀었어요.

뽀뽀는 뽀까뽀까 미용실로 갔어요.
뽀까 언니는 아주아주 친절하거든요.
뽀뽀 머리도 동글동글 예쁘게 땋아 줬고요.

"언니, 내 언니 할래요?"
뽀뽀가 종이를 흔들며 다가갔어요.
뽀까 언니가 고개를 갸웃갸웃했어요.
"넌 뭘 해 줄 건데?"
뽀뽀도 고개를 갸우뚱했어요. 동생이 언니한테
뭘 해 줘야 하는지 또 생각해 봐야 했거든요.

"웃겨 줄게요."
뽀뽀는 재미있는 이야기를 많이 아니까요.
"그래, 좋아."
다행히 뽀까 언니가 고개를 끄덕였어요.

뽀뽀가 드디어 내 언니를 찾았다고 생각할 때
뽀까 언니가 말했어요.
"그런데 그것 갖고는 안 돼.
내가 시키는 것도 해야 해.
넌 동생이니까."
"뭘 시킬 건데요?"
뽀뽀가 동그란 눈을 깜박였어요.

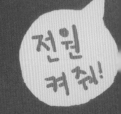

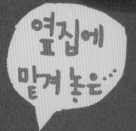

"내 심부름."
뽀까 언니 말에 뽀뽀는 입을 쭉 내밀었어요.
뽀뽀는 엄마 심부름도 싫어하거든요.
"싫어요. 언니 동생 안 할 거예요."
"싫으면 마라."
뽀까 언니가 어깨를 으쓱했어요.

'내 언니 찾기가 너무 힘들어.'

그렇지만 뽀뽀는 힘을 내어 걸었어요.

저 앞에 김이 모락모락 나는

복만둣집이 보였거든요.

뽀뽀는 만두를 가장 좋아해요.

맛있는 만두를 만드는 복 아줌마가 언니라면?

맨날맨날 만두도 먹을 테니 나쁘지 않죠.

# 언니 하나, 언니 둘

"아줌마, 내 언니
할래요?"
뽀뽀가 종이를 흔들며
다가갔어요.
복 아줌마가 고개를
갸웃갸웃했어요.
"넌 뭘 해 줄 건데?"
뽀뽀도 고개를
갸우뚱했어요. 대체
언니들은 동생한테

바라는 게 왜 이리
많을까 생각했거든요.
"과자 나눠 먹을게요."
뽀뽀는 과자가 생기면
혼자만 먹으려고
빼빼 언니 몰래
야금야금 먹었으니까요.
"그래, 좋아."
다행히 복 아줌마가
고개를 끄덕였어요.

나 하나, 나 둘

뽀뽀가 드디어 내 언니를 찾았다고 생각할 때
복 아줌마가 말했어요.
"그런데 그것 갖고는 안 돼.
내가 시키는 것도 해야 해.
넌 동생이니까."
"뭘 시킬 건데요?"
뽀뽀가 동그란 눈을 깜박였어요.
"내 말 잘 듣기."
복 아줌마 말에 뽀뽀는 입을 쭉 내밀었어요.
뽀뽀는 아빠 말도 잘 안 듣거든요.
"싫어요. 아줌마 동생 안 할 거예요."
"싫으면 마라."
복 아줌마가 콧방귀를
핑 뀌었어요.

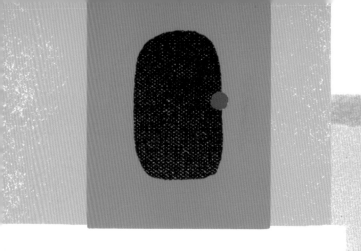

시무룩해진 뽀뽀는 담벼락에 기대섰어요.
"여기서 뭐 하누?"
길을 지나던 뒷집 꼬부랑 할머니가 물었어요.
꼬부랑 할머니는 뽀뽀한테 사탕도 나눠 주고
뽀뽀가 종알종알하는 말도 잘 들어 줬어요.
나이는 아주아주 많지만
꼬부랑 할머니가 언니라면?
삐삐 언니처럼 소리는 빽빽 안 지를 테니
나쁘지 않죠.

32

"할머니, 내 언니 할래요?"
뽀뽀가 종이를 들이대며 말했어요.
꼬부랑 할머니는 눈을 비비며 종이를 보았어요.
"글씨가 잘 안 보인다."
꼬부랑 할머니는 아흔 살이에요.
눈도 어둡고 귀도 어두워요.

"내 언니를 찾거든요. 할머니가 언니 할래요?"
뽀뽀가 큰 소리로 또박또박 말했어요.
"아이코, 난 동생이 아홉 명이나 돼.
지금도 많은데 또 하나가 생기면 너무 많아."
꼬부랑 할머니가 호호 웃었어요.
"내가 손잡고 다닐게요."
뽀뽀는 언니한테 해 줄 수 있는 걸
재빨리 생각해서 대답했어요.

"그럼 좋지. 근데 요즘은
지팡이를 짚어도 다니기가 힘들구나."
꼬부랑 할머니는 비틀비틀 가던 길을 갔어요.

뽀뽀가 내 언니 찾기를 포기하려고 할 때
앞집 개 멍순이가 다가왔어요.
멍순이는 뽀뽀를 만날 때마다
반갑게 꼬리를 흔들며 멍멍 소리를 냈어요.
뽀뽀는 멍순이네 아저씨한테 물었어요.
"멍순이는 몇 살이에요?"
"두 살이니까 사람 나이로 치면
뽀뽀보다 언니지."

뽀뽀는 쭈그려 앉아 멍순이한테 말했어요.

"멍순아, 내 언니 할래?

난 비밀 이야기도 잘 들어 주거든."

그 말에 멍순이가 큰 소리로 대답했어요.

"멍, 멍, 멍멍!"

멍순이네 아저씨가 뽀뽀를
바라보며 말했어요.
"멍순이 동생 하려면 이빨도 닦아
　주고, 똥도 치워 주고, 산책도
　　시켜 줘야 해.
　　　그래도 멍순이
　　　동생 할래?"

치약

뽀뽀는 고개를 절레절레 흔들었어요.
"싫어요. 멍순이 동생 안 할 거예요."
"그래 갖고는 언니 찾기 힘들 텐데."
멍순이네 아저씨가 껄껄껄 웃었어요.

뽀뽀는 털레털레
큰길 쪽으로 걸었어요.
갑자기 하늘이 까매졌어요.
이어서 빗방울이 똑똑 떨어졌어요.
뽀뽀는 들고 있던 종이로 머리를 감쌌어요.
빗방울은 금세 빗줄기가 되었어요.
사람들이 비를 피해 성큼성큼 뛰었어요.
뽀뽀는 갈 곳을 잃은 아기 새처럼 두리번댔어요.
그때였어요.
저 앞에서 누군가 우산을 들고 달려왔어요.
뽀뽀를 향해서요.

"비 오는데 여기서 뭐 해!"
무지개 우산 속에는 뽀뽀의 언니,
그러니까 빼빼 언니가 있었어요.
뽀뽀는 언니가 무지갯빛 요정 같았어요.

"얼른 가자. 집에 가서 새우맛 과자 줄게."
삐삐 언니가 뽀뽀한테 우산을 씌워 주었어요.
뽀뽀는 삐삐 언니의 팔짱을 끼었고요.
"언니가 내 언니라서 좋아."
뽀뽀 말에 삐삐 언니가 피식 웃었어요.
언니를 따라 뽀뽀도 배시시 웃었고요.
둘은 함께 무지개 우산을 쓰고 걸었어요.

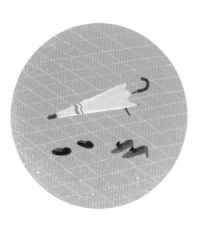

# 삐삐의 일기

오늘은 되는 일이 하나도 없었다. 아침에
개똥도 밟았고 시험도 망쳤다. 영이가 내
주근깨를 놀려서 싸웠다. 그런데 뽀뽀가 놀자고
자꾸 따라다녔다. 이럴 땐 동생이 너무너무
귀찮다. 나도 혼자이고 싶을 때가 있다!
뽀뽀한테 화를 냈더니 삐쳐서 나가 버렸다.
뽀뽀가 없으니까 좀 심심하고 허전했다.
하늘이 까매져서 뽀뽀를 찾으러 나갔다. 다행히
비가 많이 오기 전에 뽀뽀를 찾았다.
집에 와서 내가 아끼던 새우맛 과자를 뽀뽀한테
줬다. 뽀뽀가 맛있게 먹었다. 뽀뽀가 좋아하니까
나도 좋았다. 오늘은 기분이 완전 꽝인 날은
아니었다.

# 내 언니를 찾습니다

초판 제1쇄 발행일 2021년 3월 25일
초판 제2쇄 발행일 2022년 3월 20일
글 김유  그림 이희은
발행인 박헌용, 윤호권  발행처 (주)시공사
주소 서울시 성동구 상원1길 22, 6-8층 (우편번호 04779)
대표전화 02-3486-6877  팩스(주문) 02-585-1247
홈페이지 www.sigongsa.com/www.sigongjunior.com

글 ⓒ 김유, 2021 | 그림 ⓒ 이희은, 2021

이 책의 출판권은 (주)시공사에 있습니다. 저작권법에 의해
한국 내에서 보호받는 저작물이므로 무단 전재와 무단 복제를 금합니다.

ISBN 979-11-6579-511-5 74810
ISBN 978-89-527-5579-7 (세트)

*시공사는 시공간을 넘는 무한한 콘텐츠 세상을 만듭니다.
*시공사는 더 나은 내일을 함께 만들 여러분의 소중한 의견을 기다립니다.
*잘못 만들어진 책은 구입하신 곳에서 바꾸어 드립니다.

KC마크는 이 제품이 공통안전기준에 적합하였음을 의미합니다.
제조국 : 대한민국  사용 연령 : 8세 이상
책장에 손이 베이지 않게, 모서리에 다치지 않게 주의하세요.